Scholastic
CLIFFORD
le gros chien rouge

La bo
à lecture

Livre n° 9

Bravo, Clifford!

Texte de Grace Maccarone

Illustrations de Tom Lapadula

Texte français d'Isabelle Allard

D'après les livres de Norman Bridwell

Les éditions Scholastic

Je frappe la balle.
La balle s’envole!

Nonosse l'attrape.

Bravo!

Maman frappe la balle.
La balle s'envole!

Max l’attrape.

Bravo!

Papa frappe la balle.
La balle s'envole!

Elle s’envole
très, très haut.

Clifford arrête la balle.

Cléo l'attrape.

Bravo!